LE MATIN.

LE MATIN,

STANCES

PAR M. BOYER, PROFESSEUR DE RHÉTORIQUE AU COLLÈGE DU MANS, MEMBRE RÉSIDANT DE LA SOCIÉTÉ ROYALE DES ARTS DE LA MÊME VILLE;

LUES DANS LA SÉANCE PUBLIQUE DE CETTE SOCIÉTÉ, LE 23 JUIN 1824.

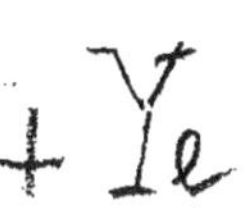

AU MANS,

DE L'IMPRIMERIE DE MONNOYER, IMPRIM. DU ROI ET DE M. LE PRÉFET.

1825.

AVANT-PROPOS.

Je formai, il y a déjà un certain nombre d'années, le dessein de consacrer quelques uns des courts momens de loisir qui me restent des travaux de ma profession, à traiter, en vers, les sujets de morale religieuse, dont la pratique est la plus nécessaire, dans tous les âges de la vie, et surtout dans la jeunesse.

Pour faire apprécier, aux jeunes gens, l'habitude de la diligence, à laquelle on s'efforce de les former, dès leurs premières années, je me suis plu à esquisser un Matin. Je n'ai point cherché à orner ce sujet de vers pompeux; mon seul but a été de faire sentir, dans chacune des stances qui composent ce petit poème, combien il est utile et doux de se recueillir, avec soi-même, dès que le jour vient donner à l'homme le signal du travail; combien cette heure est favorable à tous les exercices de l'esprit, à la culture des sciences et des arts, pour laquelle on se ménage facilement, ainsi, le temps le plus propice; combien enfin le contentement, que fait éprouver, à l'âme, le bon emploi du temps, lui donne de force, pour supporter toutes les peines inséparables de l'existence.

Le sujet que j'ai choisi pour orner ces vérités, n'a pas été souvent traité dans cette intention. Il a beaucoup exercé les poètes et les peintres; mais il sera, aussi long-temps que la nature elle-même, susceptible d'intéresser, par des vues toujours nouvelles. Puissai-je y avoir répandu quelques uns de ces tons suaves qui flattent si agréablement les yeux, lorsqu'ils se rouvrent à la lumière!

Vitanda est improba siren
Desidia.

Hor.

LE MATIN.

Déja, sur l'humble toît de mon champêtre asile,
Les oiseaux matineux ont salué le jour.
Quel réveil enchanteur suit un sommeil tranquille !
Comme le cœur s'élève, avec un saint amour,
Vers ce Dieu bienfaisant, qui nous rend la nature,
Par lui, chaque matin, rajeunie à nos yeux !
Puis, avec quelle joie une ame active et pure
   Reprend ses soins laborieux !

Salutaire fraîcheur de l'air que je respire !...
Que j'aime à contempler ce bel azur des cieux !...
Tout se tait... je n'entends que le léger Zéphire,
Et du fleuve lointain le bruit mystérieux.
Dans ce calme parfait, je me crois seul au monde ;
Rien ne va me troubler : Matin silencieux,
Heureux qui sait, au sein de cette paix profonde,
   Trouver un temps si précieux !

Phébé, je vois pâlir ta lumière argentée,
Devant les premiers feux de l'astre qui te suit.
Son disque radieux, dans la voûte azurée,
Par l'éclat de la pourpre a remplacé la nuit.

A son aspect , tout prend une nouvelle vie ;
Sa clarté , sa chaleur , raniment l'univers.
O spectacle sublime ! en mon ame ravie ,
    Tu fis naître les premiers vers.

Heureux l'homme qui vit d'une table modeste !
Sans effort , sans regret , il quitte un court sommeil.
De somptueux repas l'habitude funeste ,
Ne lui cause jamais un pénible réveil.
Jamais il ne connut la cruelle insomnie ,
Les rêves fatigans , les lugubres ennuis.
De laborieux jours , une innocente vie ,
    Lui donnent de paisibles nuits.

Doucement agité par de tièdes haleines ,
L'air promène , partout , la plus suave odeur.
Délicieux parfums de nos voisines plaines ,
Vous rendez à mon corps sa première vigueur.
Du printemps de mes jours , de cette fleur de l'âge ,
Qui laisse dans nos cœurs un si doux souvenir ,
Tu m'offres , ô matin , la plus fidèle image ,
    Et tu m'en fais encor jouir.

Que j'aille visiter le haut de la colline ,
Et plonger mes regards au fond de l'horison.
Là , mon ame , à son gré , s'élève , se domine ;
Là , mon esprit , plus libre , écoute sa raison.

C'est l'heure de l'étude, et des travaux du sage.
O fructueux momens ! momens hélas trop courts !
La nature m'apprend combien , par votre usage ,
    On peut mettre à profit ses jours.

Les muses, au matin, visitent leurs retraites ,
Leurs fontaines , leurs bois, et leur sacré Vallon.
C'est alors que l'esprit a des clartés secrètes ,
Et reçoit les faveurs du divin Apollon.
Nul obstacle imprévu n'entrave la pensée, [1]
Aucun nuage, encor , ne la vient obscurcir.
L'ame , alors, par les sens, n'est point tyrannisée :
    Elle peut tout voir , tout saisir.

Le poëte , fuyant le fracas de la ville ,
Où mille cris divers viennent troubler ses sens,
Prenant pour compagnons, Théocrite et Virgile ,
Va, dans les champs voisins , essayer ses accens.
Là , quels riches tableaux réveillent son délire !
De son cœur attendri rien n'arrête l'essor.
Il s'écrie : « ô matin, que ton charme m'inspire !
    » Que j'éprouve un divin transport ! »

Déjà l'écho répond aux accords de sa lyre.
Ecoutez quel sujet vont célébrer ses chants.
« Toi, qui, sur ces côteaux, fais fleurir ton empire ,
» Douce tranquillité , féconde les long-temps.

» Que l'on vante, à jamais, les exploits de la guerre,
» Moi, je préférerai, toujours, d'autres succès :
» Le plus grand des héros, à mes yeux, sur la terre,
    « Est un Roi qui maintient la paix. »

A l'heure où tout renaît, au sein de la nature,
Où l'humide rosée a ravivé les fleurs,
Où le ciel est plus pur, où brille la verdure,
Où l'œil trouve aux objets de plus vives couleurs :
Le peintre, dont l'école est un lointain voyage,
Des transparentes eaux gagne les bords riants ;
Son pinceau, sur la toile, anime un paysage
    Où règne un éternel printemps.

D'autres fois, sur les monts de Suisse ou d'Italie,
Actif, infatigable, il devance le jour ;
Il saisit d'une main, que guide le génie,
Cette scène qui s'ouvre au céleste séjour.
De son art enchanteur déployant la puissance,
Son tableau reproduit des sites merveilleux ;
La vaste profondeur d'un horizon immense,
    Au loin, s'y fond avec les cieux.

Et vous, qui cultivez la divine harmonie,
Qu'irritent des cités, tant de bruits discordans ;
Aux charmes du matin, la paix des champs unie,
De vos cœurs fait sortir des accords ravissans.

Mais, en vain, prêtez-vous une oreille attentive
Aux airs mélodieux du chantre du printemps ;
De sa flexible voix la nuance expressive
    Surpasse encore vos accens.

Pourtant, avec succès, écoutant la nature,
En elle vous puisez de sublimes leçons.
L'onde, avec le Zéphir, mêlant son doux murmure,
Vous montre à marier, à moduler vos sons.
Le tonnerre qui gronde et menace nos têtes,
Vous dit comment il faut nous frapper de terreur :
Qui vous révèle mieux que la voix des tempêtes,
    Le secret d'une sainte horreur ?

Mais quelle troupe active, errant dans la campagne,
Fait un riche butin de plantes et de fleurs ? (2)
Plus grave en sa démarche, un savant l'accompagne ;
De ses avis chacun invoque les faveurs,
S'empresse, l'interroge, et l'écoute en silence.
Lui, du rameau fleuri, qu'il tient entre ses doigts,
Leur faisant l'analyse, orne, avec complaisance,
    L'esprit et le cœur à la fois.

Au groupe studieux, qui le suit dès l'aurore,
Expliquant la nature, oublirait-il l'auteur ?
Il est son interprète, en son œuvre il l'adore ;
Et, dans la fleur des champs, admire sa grandeur.

Lieux charmans, qui parez les rives de la Seine,
Lieux, où Flore se plaît à prodiguer ses dons,
Rappelez-moi toujours le docte Desfontaine,
    Nos doux matins et ses leçons.

Qui vois-je s'avancer de la cité voisine?
C'est un couple d'amis, de jeunes voyageurs ;
Partis au chant du coq, à l'heure où l'on chemine,
Sans craindre du soleil les brûlantes ardeurs;
Ils font la route à pied, précédés du bagage,
Libres de tous soucis, et parlant, tour à tour,
Des plaisirs tous nouveaux de ce premier voyage,
    Des joyeux transports du retour.

Qu'entends-je ? quel concert vient ravir mes oreilles?
Les chansons des bergers, les voix de leurs troupeaux ;
Le doux bourdonnement de ces essaims d'abeilles,
Qui se mêle aux accens cadencés des oiseaux ;
Les jeunes laboureurs sifflant des airs rustiques,
Pour charmer la fatigue, en creusant leurs sillons ;
La cloche de l'église, et les pieux cantiques
    Qui font prospérer les moissons.

Qui s'avance, à pas lents, vers l'enceinte sacrée,
Où reposent des morts les restes précieux?
Germeuil, pleurant toujours une épouse adorée,
Vient à sa cendre offrir ses soins religieux.

Avec elle, au tombeau, son cœur habite encore ;
De ses douces vertus le souvenir le suit.
Ce sont ses traits mourans qu'il revoit dès l'aurore,
        Ses adieux qu'il entend la nuit.

Pourquoi, vous, qu'unissait un si doux hymenée,
Vous, que le ciel orna des plus rares faveurs,
Dont tout embellissait l'heureuse destinée,
Eprouvez-vous du sort les plus tristes rigueurs ?
L'une, ayant accompli son utile carrière,
Le prix l'en attendait au céleste séjour ;
L'autre devait, encor, nous rester sur la terre,
        Exemple d'un fidèle amour.

Déjà le soleil touche au quart de sa carrière :
Doux matin, que tu fuis avec rapidité !
Que je plains le dormeur ! sa pesante paupière
Ferme ses yeux, son ame, à ta sérénité.
Surpris par le travail, il use d'artifice,
Pour tromper, s'il le peut, ce pressant ennemi ;
De l'ouvrage infidèle on aperçoit le vice,
        Et le trompeur n'a plus d'ami.

Celui qui se recueille au sein de la nature,
Jouit de l'innocence et de la paix du cœur.
La langue du méchant, fertile en imposture,
Avec ses traits aigus, n'atteint point son bonheur.

L'entend-il, contre lui, vomir la calomnie ?
Il laisse un libre cours à son actif poison.
» Hélas ! elle est déjà, dit-il, assez punie. » (3)
Un Dieu console sa raison.

Ce jardin qu'il planta, ces roses odorantes,
L'amour des gens de biens, même de ses rivaux,
Ses modestes désirs, prospérités constantes,
Lui font trouver légers d'inévitables maux.
Des travers des humains jamais il ne se fâche ;
Il ne murmure point des caprices du sort....
Charmant matin ! adieu : je cours remplir ma tâche,
Qui doucement me mène au port.

O seul heureux, qui sait mettre à profit la vie,
Et, debout, dès le jour, prépare ses travaux ! (4)
Tout ce qu'il fait prospère, au gré de son envie :
En tout, il sait prévoir, éviter les défauts.
Ne précipitant rien, toujours actif et calme,
Le temps craint de l'atteindre, et s'arrête pour lui.
Son pays lui décerne une immortelle palme,
Et son nom ne craint point l'oubli.

NOTES.

(1) **Nul obstacle imprévu n'entrave la pensée , etc.**

Celui qui se propose un travail important, et se lève tard, se fie en vain sur sa journée. Détourné de son dessein, au moment où il s'y attend le moins, pendant les heures où tout est en mouvement autour de lui ; surpris par des circonstances inopinées, il ajourne sans cesse, et n'effectue rien, à moins qu'il ne prolonge ses veilles fort avant dans la nuit, ce qui est aussi préjudiciable à la santé, à l'organe de la vue, surtout, que le travail du matin est, en même temps, salutaire à l'âme et au corps.

(2) **Fait un riche butin de plantes et de fleurs ? etc.**

La botanique est une récréation aussi douce qu'utile pour les jeunes gens, à qui elle donne le goût de l'étude de la nature, si propre à féconder toutes les autres études. On ne saurait trop varier les travaux de la jeunesse, en y mêlant, comme les stances précédentes le font surtout sentir, la culture élémentaire des arts, qui chasse l'ennui loin d'elle, captive ses passions, pour les tourner vers un but honnête, et lui fait acquérir des connaissances nécessaires.

(3) **Hélas ! elle est déjà, dit-il, assez punie, etc.**

Pensée tirée de l'écriture.
Et infirmatæ sunt , contrà eos , linguæ eorum.
Et la malignité de leurs langues est retombée sur eux-mêmes.

(4) **Et debout, dès le jour, prépare ses travaux, etc.**

et ni

Posces, ante diem, librum cum lumine, si non
Intendes animum studiis et rebus honestis,
Invidiâ, vel amore, vigil torquebere.—
Hor.

I